LOVE of KILL

03

Fe

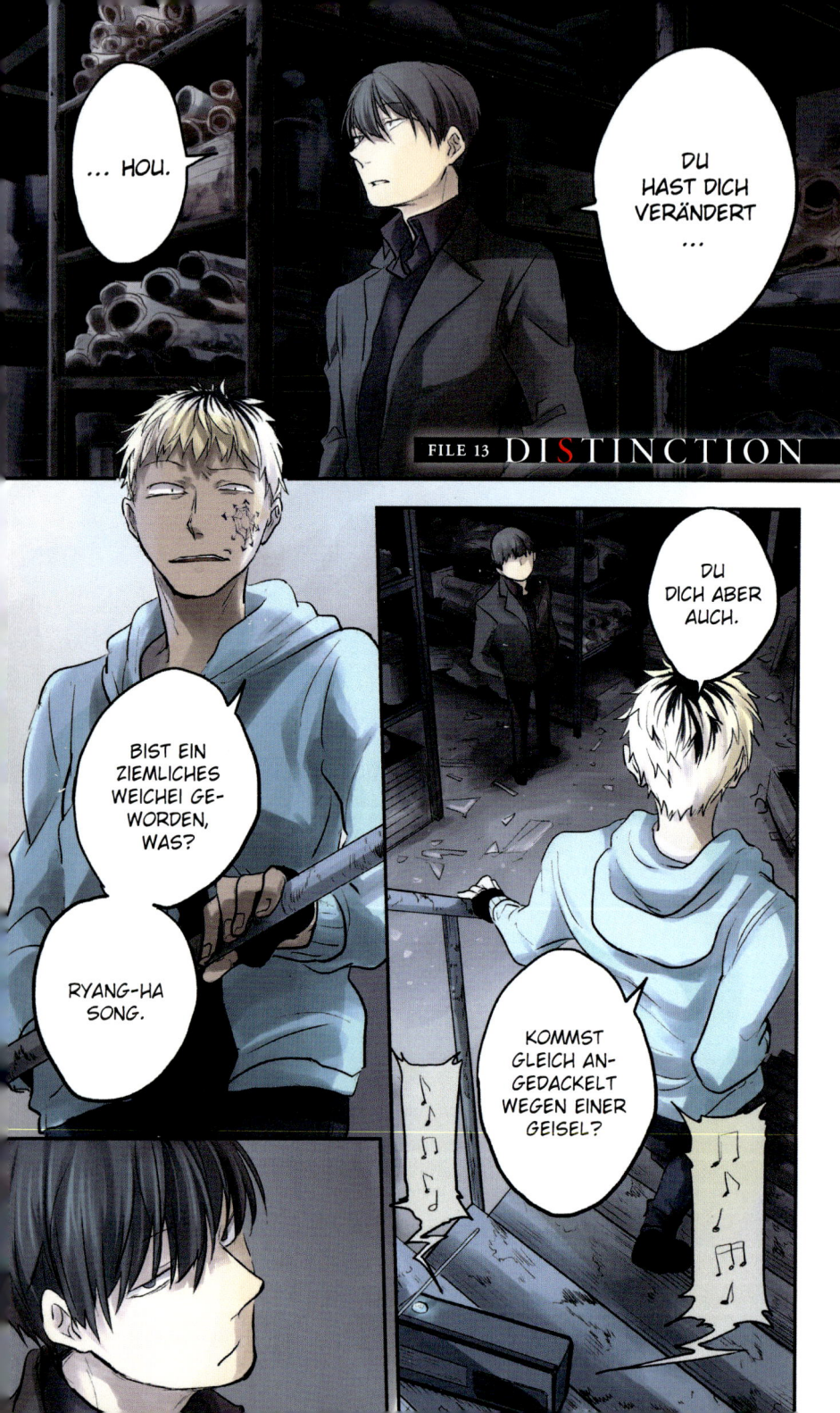

SPIELST DEN HELDEN, JA?

... ACH NEE.

DASS ICH NICHT LACHE!

WO IST DIE FRAU?

ERZÄHL MIR NICHT ...

... DASS DU VERGESSEN HAST, WAS DU VOR FÜNF JAHREN GETAN HAST ...

KRTSCH

ZUMM

FILE 14 SETTLEMENT

HAST
DU SCHON
GEHÖRT?

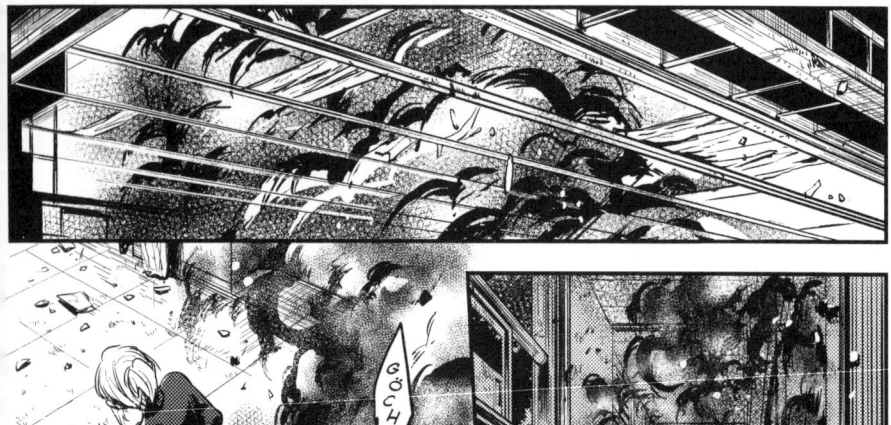

IST
DIE ...

... SACHE
JETZT ER-
LEDIGT?

ACH,
JETZT BIST
DU SCHON
WIEDER SO
BOCKIG.
MENNOOO.

DANKE,
REICHT
SCHON
...

NEUGIERIG?
WILLST DU
DIE DETAILS
HÖREN?

NA,
ABER
SELBST-
VERSTÄND-
LICH!

... ETWAS
PASST DA
NICHT ZU-
SAMMEN
...

WIR
MÜSSEN
WEITERHIN
VORSICHTIG
SEIN.

...

ABER
...

ER HAT DOCH KEINE VERRÜCKTEN SACHEN MIT DIR ANGESTELLT, ODER?

ICH WAR GANZ AUSSER MIR VOR SORGE!

EIN ÜBER-FALL AUS HEITEREM HIMMEL UND EIN BOMBEN-ANSCHLAG SIND ANSCHEINEND NICHT VER-RÜCKT GENUG ...

ABER LASSEN WIRD DAS. AAALSO ...

...?

!

STREICH

WAR ECHT EIN HARTER TAG, WAS?

ZWEITE RUNDE

DAS CHATEAU-WIRD-KREIDEBLEICH-TAGLINE-RANKING

TAGLINES SIND TEXTE AUF DEN TITELSEITEN VON KAPITELN ODER MANGAS, DIE DAS, WAS FOLGT, ZUSAMMENFASSEN SOLLEN. VERMUTLICH WERDEN SIE VON REDAKTEUREN GESCHRIEBEN.*
JE ÜBERTRIEBENER SIE SIND, DESTO MEHR PUNKTE GIBT ES. BEI EINEM TEIL DER LESER KAM DAS SEHR GUT AN UND DARUM PRÄSENTIERE ICH NOCH EINIGE MEHR.

* NUR IN JAPAN.

PLATZ 5

DIES JOCH WIEGT ZU SCHWER, UM DARUNTER FREI ZU SEIN.

(TITELSEITE DES VIERZEHNTEN KAPITELS)

BLEICHHEITSSKALA: 0,5

DA ES NICHT DIREKT AN CHATEAU GERICHTET IST, HÄLT SICH DER BLEICHHEITSFAKTOR IN GRENZEN. SPRACHLICH IST ES ZIEMLICH COOL.

PLATZ 4

IST ES ZUNEIGUNG, DIE DU SIEHST? ODER IST ES ETWA LIEBE?

(TITELSEITE DES SECH-ZEHNTEN KAPITELS)

BLEICHHEITSSKALA: 1

ZUNEIGUNG, LIEBE ... GANZ SCHÖN KECK.

PLATZ 3

NUR SÜSSE WÄRME TILGT DIESES SCHWERE SCHICKSAL.

(TITELSEITE DES FÜNFZEHNTEN KAPITELS)

BLEICHHEITSSKALA: 3

MIT DIESEM SCHEIN-TIEFSINN WAHRLICH EIN HOCHKARÄTER.

PLATZ 2

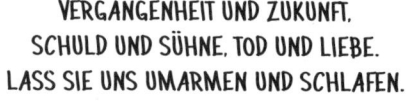

VERGANGENHEIT UND ZUKUNFT, SCHULD UND SÜHNE, TOD UND LIEBE. LASS SIE UNS UMARMEN UND SCHLAFEN.

(TITELSEITE DES DREIZEHNTEN KAPITELTS)

BLEICHHEITS-SKALA: 4

EINE STARKE TAGLINE, WIE SICH DAS FÜR EIN FARBIGE DOPPELSEITE GEHÖRT. DA WIRD UNSERE CHATEAU KREIDEBLEICH.

PLATZ 1

DEIN HERZ BEBT WIE VERRÜCKT, NICHT WAHR?

(TITELSEITE DES SIEBZEHNTEN KAPITELS)

BLEICHHEITS-SKALA: 5

EINE BRUTAL OFFENE TAGLINE, DIE NICHTS ZU WÜNSCHEN ÜBRIG LÄSST. DAS EINZIGE, WAS HIER BEBT, IST UNSERE LEICHENBLASSE CHATEAU.

FILE 15 LIMIT

FÜRS ERSTE IST ER VERSORGT.

... ABER WENN DAS IN FRAGE KÄME, WÄRT IHR JA WOHL NICHT ZU MIR GEKOMMEN.

NATÜRLICH WÄRE EINE UMFANGREICHE MEDIZINISCHE UNTERSUCHUNG DAS BESTE ...

MORGEN FRÜH SEID IHR HIER VERSCHWUNDEN.

FÜR HEUTE KANN ER DAS BETT HABEN. LÄNGER ABER NICHT.

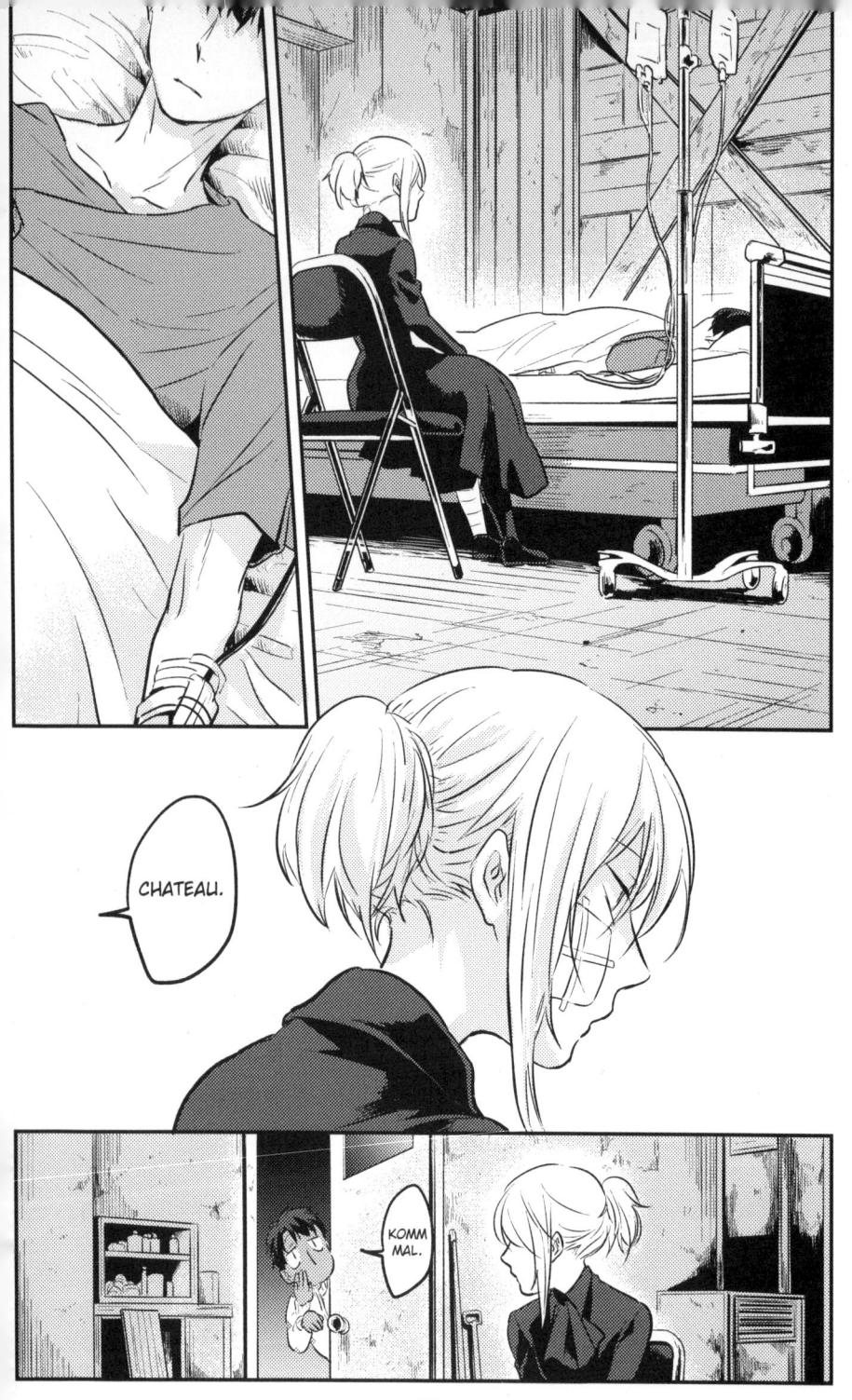

CHATEAU.

KOMM MAL.

50

...

AHA
...

UND ...

... WAS HAST DU JETZT VOR?

... WERDE ICH ABSOLUT NICHTS MITBEKOMMEN, EGAL WAS PASSIERT.

DA ICH GLEICH SO UNVORSICHTIG SEIN WERDE, EINZUNICKEN ...

PFRRT.

AUCH NICHT, WENN DU VON HIER VERSCHWINDEN SOLLTEST.

PFEH HE HE, IM ERNST …?
DAS GLAUBT DOCH KEIN MENSCH …
FUH HU …
AU-AUAU … DIE WUNDE GEHT WIEDER AUF …
…
HAA-ACH.
HIEH.
ABER WIE GEHT ES JETZT WEITER?
SO WÜRDEST DU DIE BEZIEHUNG ZU MIR KOMPLETT OFFENLEGEN.

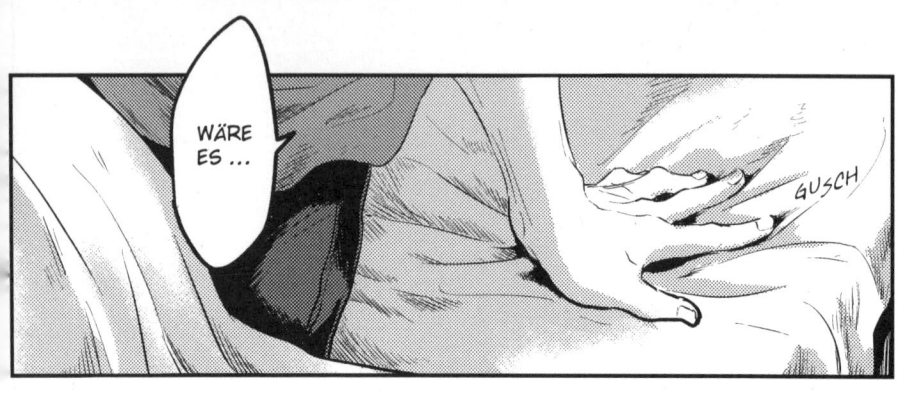

WÄRE ES ...

GUSCH

... DAS LEBEN EINFACHER MACHEN.

DAS WÜRDE DIR ...

... NICHT BESSER, WENN ICH DICH ENTFÜHREN WÜRDE?

LÄCHEL
... DASS DU MICH GERETTET HAST.
LÄCHEL
DANKE. ♡
GRRRR
...
HAST DU DIR SORGEN UM MICH GE-MACHT?
DACHTEST DU, ICH STERBE?
SAG SCHON.
...
SAG SCHON.
...
ICH SCHLAFE GERADE.
ICH KANN DARAUF LEIDER NICHTS ERWIDERN.
CHRRR.
„CHRR"?
WAS SOLL DAS DENN?
UND WENN ICH WIEDER FIT BIN, GEHEN WIR AUF EIN DATE, JA?
DAS IST ZEITVERSCHWENDUNG.
CHRR.
WAAAAS?!
WIESO?

• FILE 13 „DISTINCTION"

IM MAGAZIN WURDE DIESES KAPITEL GANZ VORNE ABGEDRUCKT UND HAT DADURCH SOGAR FARBSEITEN BEKOMMEN. HOU KLOPFT BILLIGE SPRÜCHE WIE „SPIELST DEN HELDEN" ODER „ZWEITE RUNDE" ... ICH MAG DAS ABER ZIEMLICH. LOL. ES FIEL MIR LEICHT, HOU SPRECHEN ZU LASSEN.

• FILE 14 „SETTLEMENT"

EIN NEUER HÖHEPUNKT. AUS WELCHEN SITUATIONEN CHATEAU ALLES LEBEND HERAUSKOMMT. IN DIESEM MANGA ÜBER-LEBT SIE ES, ABER IN DEM MANGA „ANO·ER" WÄRE SIE SCHON ZEHNMAL TOT ... ICH FRAGE MICH, OB ICH DIE DIREKTE KON-FRONTATION MIT HOU EIN BISSCHEN MEHR HÄTTE AUSARBEITEN SOLLEN ... DAS WAR ZU UNSPEKTAKULÄR ...

• FILE 15 „LIMIT"

EINE VERSCHNAUFPAUSE. ICH HATTE EIGENT-LICH VOR, RÜBERZUBRINGEN, WIE KOMPETENT INDI IST, ABER DAS GING ZIEMLICH NACH HINTEN LOS ... LOL. DANN TAUCHT AUCH NOCH EINE NEUE FIGUR AUF UND WIEDER IST ES EIN GEGENSPIELER, DESSEN NAME NACH SEINEM ERSTEN AUFTRITT EINE ZEIT LANG IM VERBORGENEN BLEIBT ... DIESELBE TOUR WIE BEI HOU ...

INDI ALS EUROPÄER

- HELLE HAUT
- BLONDES HAAR, BLAUE AUGEN
- LOCKIGES ENGELSHAAR

FILE 16 WHO ARE YOU?

… GEHE ICH …

… AUF EINE KLEINE REISE.

ALSO … EHRLICH GESAGT …

ACH JA?

DU HAST ECHT KEIN HERZ.

In letzter Zeit ist einiges passiert …

Hast du da denn gar keine Angst, wenn ich nicht bei dir bin?

NEIN, KEIN BISS-CHEN.

EEECHT NICHT NETT.

Viel Spaß. Lass dir Zeit.

Wart's ab.

SWWWT

DAS BRANDNEUE PASSAGIER-SCHIFF ARTEMISIA.

GEPLANT IST EINE EINWÖCHIGE JUNGFERNFAHRT MIT GELADENEN GÄSTEN ...

... UND TEILHABERN AN BORD.

WIR MISCHEN UNS UNTER DIE GÄSTE UND GEWÄHRLEISTEN DIE SICHERHEIT EINES VIPS.

DAS IST DIESES MAL UNSER JOB.

...

UND WER ...

... IST DIESER VIP?

EINE SEHR WOHLHABENDE PERSON, DIE DEN WELTWEITEN AUSBAU DER REISEINDUSTRIE VORANTREIBT.

P L I N G

1 2 3 4 5 6 7 8 9 10 11 12

SIE VERFÜGT ÜBER STARKE VERBINDUNGEN IN DIE POLITIK UND DIE FINANZWELT BIS HIN ZU STAATSGÄSTEN VERSCHIEDENER LÄNDER.

SIE IST AUCH IN DEN BETRIEB DIESES SCHIFFS INVOLVIERT.

MURMEL

NA JA ...

... UND ES IST VERWANDTSCHAFT.

DAS SORGT AN ANDEREN STELLEN ABER AUCH FÜR UNMUT.

SO EINE PERSON IST DAS IN ETWA.

VERWANDTSCHAFT?

HÄ?

WSSSSCH

19:00 UHR – DREI STUNDEN NACH DEM AUSLAUF

AKTUELLER LAGEBERICHT.

KEINE VERDÄCHTIGEN AKTIVITÄTEN BEI DER BÜHNE IM GROSSEN SAAL.

In die Saalmitte ist auch alles ruhig.

WO IST SIE JETZT?

HABE ABER ...

... UNSER ZIELPERSON VERLOREN.

Chef!

DAS DA IST DER HOTELMANAGER.

GEGENÜBER VON DER BÜHNE.

WIR SIND OBEN AUF DER GALERIE.

DU? DU?

OH, ENTSCHULDIGUNG.

AAAH ...

FILE 17 DARK DREAM

AH·HA· AH·HA·HA· AH·HA·HA·HA·HA·

...

ICH SAGE NICHT, DASS DAS „NICHT STIMMT".

NA JA ...

LETZT-ENDLICH IST ES SO ...

OB DU DICH UM MICH KÜMMERST ODER NICHT, HÄNGT VON DIR AB.

ALSO, WAS TUST DU?

FSSSCH

23:00 UHR – SIEBEN STUNDEN NACH DEM AUSLAUFEN

DU?
ICH SAGE LANGSAM GUTE NACHT.
DU ARBEITEST NOCH?
OH. JA.
ENT-SCHUL-DIGE.
GUTE NACHT.
ÜBER-ARBEITE DICH NICHT.

Auffälligkeiten werde ich umgehend melden.

Dies wäre in Bezug auf seine Beobachtung auch in unserem Sinne ...

ALS ERSTES VERLANGT ER EINE CRUISE CARD UND EINE KABINE.

AUSSERDEM ...

...

... FORDERT ER, WÄHREND DER GESAMTEN FAHRT VON MIR BEGLEITET ZU WERDEN.

UND IRGENDWIE ...

»ERTRAGEN« ...

ICH ERTRAG DAS SCHON ...

...

Chateau, wäre das ... für dich denn in Ordnung ...?

... IST ES ...

... ALS HÄTTE ICH IHN HERGEBRACHT.

ICH WERDE TUN, WAS ICH KANN, DAMIT NICHT NOCH MEHR ...

... UNAN- NEHMLICH- KEITEN ENTSTE- HEN.

...

A_xxx/xx

C_xxx/xx

B_xxx/xx

DIE SACHE BE- REITET MIR KOPFZER- BRECHEN ...

GRUSCH

SCHLUPF

...

GUTE
NACHT.

WSSSCH

ZIEMLICH UNHEIMLICHES GESICHT FÜR EIN TIERKOSTÜM ...

WOAR

• FILE 16 „WHO ARE YOU?"

NEUE ENTWICKLUNGEN. ICH HATTE GELEGENHEIT, MIT JEMANDEM ZU SPRECHEN, DER AN BORD DER QUEEN ELIZABETH WAR. DIESES SCHIFF GILT ALS „INBEGRIFF DER LUXUSLINER". WÄHREND DES ZEICHNENS WURDE MEINE REISELUST IMMER SCHLIMMER ... ICH SPARE, UM IRGEND- WANN AUCH EINMAL MIT IHR ZU FAHREN ...

• FILE 17 „DARK DREAM"

AUFTRITT DER FRAU DES CHEFS. ICH GLAUBE, IM WEBCOMIC TAUCHTE SIE ZIEMLICH FRÜH AUF, ABER IM MANGA GAB ES BISLANG KEINE GUTE GELEGENHEIT. ENDLICH IST SIE DA! AUCH WENN SIE UND DER CHEF MITEINANDER VERHEIRATET SIND, LEBEN SIE GETRENNT. SIE SCHEINT EINE KARRIEREFRAU ZU SEIN, DER DIE ARBEIT ÜBER ALLES GEHT. ÜBRIGENS IST SIE ÄLTER ALS IHR MANN.

SAG, WANN WILLST DU ENDLICH DEINE FIRMA AUFGEBEN? MACH SCHNELL UND STEIG BEI UNS EIN. DIE IMMER ROTEN ZAHLEN ...

ES IST UNGEWOHNT FÜR SIE ...

ICH MUSS IMMER AN MEINE SCHULTERN DENKEN.

SCHWITZ

SCHWITZ

SCHWITZ

SCHWITZ

MÖCHTEN SIE EINE STOLA?

• FILE 18 „MAIN ISSUE"

BIS JETZT KOMMT DIE HANDLUNG DIESES KAPITELS EINEM DATE AM NÄCHSTEN, FINDE ICH. ES IST ZIEMLICH ABGEDROSCHEN, ABER DIESE ANZIEH-THEMATIK ZU ZEICHNEN MACHT SPASS. LOL. DAS KLEID VON CHATEAU IST VIELLEICHT BLAU ... ODER NICHT ...? ICH KANN MIR GUT VORSTELLEN, DASS SIE FÜR RYANG-HA NOCH VIELE ANDERE ANPROBIEREN MUSSTE.

FILE 18 MAIN ISSUE

DU HÄTTEST DICH SCHON LÄNGST MIT DER LAGEBERICHT MELDEN MÜSSEN.

BIP

JA.

HALLO?

IST BEI EUCH ALLES IN ORDNUNG?

... MÖCHTE ICH UNTERWEGS EIN MEETING MIT DEM VERBAND PER SKYPE ABHALTEN, ABER ...

WEIL WIR ABENDS WIEDER AN BORD SEIN MÜSSEN ...

DANACH WERDE ICH UMGEHEND ZU EINER AUSWERTUNG MIT DEN ANSÄSSIGEN DIE IN GE-.

BIS ZWEI UHR NEHMEN WIR DIE SEHENS-WÜRDIGKEITEN IN AUGEN-SCHEIN.

HRM HRM

HRM ...

HRM ...

HÖRST DU MIR ZU?

Meeensch, Chateau.

MURMEL

MURMEL

KEINE NENNENS-WERTEN PRO-BLEME.

A... ALLES IN ORD-NUNG.

Was treibst du denn?!

UND? BIST DU SOWEIT?

SCHRECK

OH.

WEISST DU ETWA NICHT, WIE MAN ES TRÄGT?

119

ICH
...

ÄHM
...

IST ES EIN BISSCHEN ZU LANG?

KOMM, LASS MAL SEHEN.

ICH FRAGE MICH, OB NICHT ETWAS SCHLICHTERES BESSER ...

DIE FREIEN SCHULTERN MACHEN MICH AUCH NERVÖS ...

AN SO WAS DARFST DU NICHT DENKEN!

ABER EINS, IN DEM ICH MICH BESSER BEWEGEN ...

FÜR EINEN ABENDLICHEN EMPFANG IST DIESES KLEID SCHON SCHLICHT GENUG.

NICHTS DA.

OH.

WÄREN SIE SO NETT?

HABEN SIE SICH ENT- SCHIEDEN?

WOLLEN WIR MAL SCHAUEN, WIE ES MIT ABSÄTZEN AUSSIEHT?

SOGAR SCHUHE UND KLEIDER KANN MAN HIER KAUFEN.
UND DANN BRINGEN SIE ES EINEM AUCH NOCH AUFS ZIMMER!
MORGEN IST GALA-ABEND.
ICH FREUE MICH SCHON.
SOLL ICH EINEN FRACK TRAGEN?
DU ...
... BENIMMST DICH SELTSAM.
DU HAST MICH HEUTE BEGLEITET, OHNE VIEL AUFHEBENS ZU MACHEN.
IST WAS PASSIERT?

Chateau ...

Sie weiß nichts davon.

Würden Sie sich heute Abend ...

DöÖÖÖÖÖ

... ETWAS ZEIT FÜR MICH NEHMEN?

?

?

Anscheinend kann sie sich auch kaum an etwas aus dieser Zeit erinnern.

ES FOLGT EIN
SPEZIELL FÜR
DIESEN BAND
GEZEICHNETES
BONUS-KAPITEL.

WIR
WURDEN
HINTER-
GANGEN
...

SO
HÄTTE DAS
NIE LAUFEN
DÜRFEN ...

WARUM
...

WA-
RUM
...

MACHEN
WIR EINE
PAUSE.

ICH
KÜMMER
MICH UM
KAFFEE.

WERFEN
SIE DOCH
BITTE EINEN
BLICK UNTERS
SOFA.

DORT
FINDEN SIE
SICHER ETWAS
NETTES.

OH.

ACH
JA.

BATAMM

IMMER NOCH NICHT FERTIG?

DU BIST DOCH SO TOLL IM VERHÖREN.

ICH BRINGE DIR ETWAS ZU TRINKEN MIT.

ENT-SCHULDIGE, HOU. ES DAUERT LEIDER ETWAS LÄNGER.

HAAAH.

HAAAH.

HAAAH.

HAAAH.

ACH ...

SO EIN MIST.

Bonus

... EIGENT-
LICH OFFEN-
SICHTLICH
IST ...

AUCH
WENN ES
...

WIR
HABEN IHN
VORHER NICHT
DURCHSUCHT,
DAHER IST
DAS ...

... GUT
MÖGLICH.

WAS
IST MIT
DEM RE-
VOLVER?

HATTE
ER DEN
DABEI?

ICH ÜBERNEHME DIE VERANT-WORTUNG.

ES TUT MIR AUFRICHTIG LEID.

ERZÄHL KEINEN SCHEISS.

DIE VER-ANTWOR-TUNG?

WIESO SOLLTE ER SICH UMBRINGEN?

ER HATTE DIE INSIDER-INFOS BESTÄTIGT. ES SOLLTE EINE KOOPERATIVE BEFRAGUNG WERDEN.

DU HAST IHN DOCH DAZU GEBRACHT, ODER?

NA?

HOU...

... ES REICHT.

HAAACH.

RYANG-HA, SORG HIER FÜR ORD-NUNG.
DEN BERICHT ÜBERNEHME ICH.
SEUNG-WOO!
HOU. DU KOMMST MIT.
ICH VERSTEHE DAS NICHT!!
HEY, SEUNG-WOO!

DAS WAR SCHON DER FÜNFTE!

DER FÜNFTE MAULWURF, DER IN DEN LETZTEN SECHS MONATEN AUF- GEFLOGEN IST!

DA IST DOCH WAS FAUL!

SEIT- DEM ER DABEI IST!

ABER ...

WAS KÖNNEN WIR DA NOCH TUN?

BEWEISE UND GE- STÄNDNISSE STIMMEN ÜBEREIN.

...

ICH KANN DICH GUT VERSTEHEN.

ICH BIN ...

GRUSCH GRUSCH

...

OKAY?

DU MUSST BESSER MIT IHM ZURECHT- KOMMEN.

RYANG-HA HAT DEN ALTEN VOLL HINTER SICH.

... NICHT BESONDERS SCHLAU ...

... ABER ...

... ICH DENKE, DASS ICH ... EINE GEWISSE MENSCHEN-KENNTNIS BESITZE ...

...

ICH TRAUE DEM TYPEN NICHT ÜBER DEN WEG ...

ICH MEINE ES ERNST!!

ICH WÜRDE SAGEN, WAS DEN NACHWUCHS ANGEHT, HABE ICH EIN HÄND-CHEN.

HRM.

DAS TUE ICH AUCH.

TJA
...

GEHT
MIR GENAU-
SO ...

...

WAS IST, HOU?

HAST DU WAS GESAGT?

NEIN, GAR NICHTS.

WAS SOLL DAS?

KOMISCHER VOGEL.

DARUM...

...FOLGE ICH DIR AUCH.

ENDE

SEIT ANDERTHALB JAHREN BESTEHT MEIN LEBEN NUN AUS MANGA-ZEICHNEN.

VIELEN DANK, DASS IHR EUCH FÜR DEN DRITTEN BAND VON LOVE OF KILL ENTSCHIEDEN HABT.

ICH BIN'S, FE.

ICH BESSERE AUS UND BESSERE AUS ...

... ABER ES WIRD EINFACH NICHT BESSER ...

HRMMM.

HRMMM.

DIE POSITION VOM ARM ...?

DIE SCHUL-TERN ...?

DER HALS ...?

HRMMM ... IRGEND-WAS IST KOMISCH ...

IST DER KOPF ZU GROSS ...?

MANN, IST DIESE POSE SCHWER ...

ENTWURF

ICH WEISS GENAU, DASS DA WAS KOMISCH IST, ABER WAS?!! HMUOARH, ICH BIN DOCH KEIN AMATEUR!!!

VER-DAMMT NOCH MAL!

ICH BIN AMATEUR.

... DAS GRUNDGERÜST DES ZEICHNERI-SCHEN KÖNNENS VERBESSERT SICH GAR NICHT ...

PRAKTISCHE FUNKTIONEN VON ZEICHEN-SOFTWARE ODER WIE MAN SICH ZEIT UND MÜHE SPAREN KANN, KANNST DU WÄHREND DES MANGAZEICHNENS LERNEN. ABER ...

DAS GÖTTLICHE BILD

(BEKOMME ICH NICHT HIN)

WENN MAN JAHRELANG MANGAS ZEICHNET, WIRD MAN AUTOMATISCH BESSER.

DAS DACHTE ICH AUCH EINE ZEIT LANG ...

... SO IN DER ART.

FE VOR EINEM JAHR →

UH HI HI.

HAST DU DICH LANGSAM ANS MANGA-ZEICHNEN GEWÖHNT?

NEIN ...

UND SO BEKOMME ICH ES DANN UNTER TÄGLICHEN VER-ZWEIFLUNGSAN-FÄLLEN IRGENDWIE DOCH NOCH HIN.

REDAKTEUR

WENN ICH DIE GANZE ZEIT DASSELBE BILD ANSEHE, ZERFÄLLT SEINE GESTALT.

ICH KANN NICHT MEHR.

ICH GEBS AUF.

ICH SCHAFFE ES NICHT.

BRIEFE VON MEN-SCHEN ZU BEKOMMEN, DIE AN FERNEN ORTEN LEBEN, IST ÄUSSERST SPANNEND ...

DANKE FÜR DIE VIELEN NACHRICHTEN UND BRIEFE.

WAS SIND DAS FÜR LEUTE, DIE MIR SCHREIBEN ...? DA WERDE ICH IRGENDWIE GANZ GEFÜHLSDUSELIG. LOL.

SIE IMMER WIEDER ZU LESEN SCHENKT MIR MUT ...!

* „FLOTTENMÄDCHEN", DIE IM SPIEL „KANTAI COLLECTION" KRIEGSSCHIFFE REPRÄSENTIEREN

WIRKLICH VIELEN DANK AN ALLE, DIE MICH UNTERSTÜTZEN.

JEDES MAL, WENN ICH IN EINEM BUCH-LADEN BIN, SCHAUE ICH NACH MEINEN EIGENEN BÜCHERN.

ALS DER ERSTE BAND ERSCHIEN, WUSSTE ICH NICHT, OB ES WEITERE BÄNDE VON DIESEM MANGA GEBEN WIRD ...

ICH WÜRDE MICH FREUEN, EUCH WIEDER-ZUSEHEN, FALLS ES OHNE ZWISCHENFÄLLE ZU EINEM VIERTEN KOMMEN SOLLTE!

MEIN ZIEL FÜR DIESES JAHR SIND MEHR KANMUSU*.

KEINER DA. KEIN EINZIGER DA.

COMIC COMIC

MANGA MANGA

ECHT GAR KEINER

AUCH AUF PIXIV GIBT ES IMMER NEUIGKEITEN, UND ICH WÜRDE MICH FREUEN, WENN IHR MAL VORBEISCHAUEN WÜRDET!

ALLEN BETEILIGTEN UND ALLEN LESERN IST ZU VERDANKEN, DASS AUCH EIN DRITTER BAND ERSCHEINEN KONNTE.

NACHWORT

LOVE of KILL

STOPP! DIES IST DIE LETZTE SEITE!

LOVE of KILL ist ein Manga, und einen japanischen Comic liest man von hinten nach vorne. Auch die Lesereihenfolge der Bilder und Sprechblasen auf den Seiten ist anders als gewohnt: von rechts oben nach links unten.

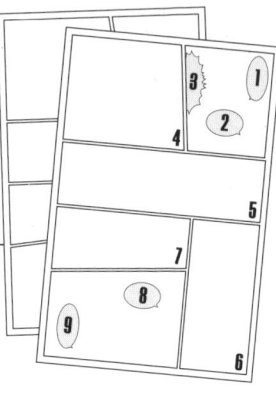

LOVE of KILL 03

von
Fe

1. Auflage, 2022
Deutsche Ausgabe/German Edition
© Manga Cult, Ludwigsburg 2022

Aus dem Japanischen von Etsuko Tabuchi & Florian Weitschies

KOROSHI AI Vol. 3 © Fe 2017
First published in Japan in 2017 by KADOKAWA CORPORATION, Tokyo.
German translation rights arranged with KADOKAWA CORPORATION, Tokyo through TUTTLE-MORI AGENCY, INC., Tokyo.

Programmleitung: Alexandra Grimsehl
Redaktion & Lektorat: Domenic Wassiljew
Korrektorat: Alexandra Grimsehl
Layout und Lettering: Manga Cult, Datagrafix GSP GmbH, Berlin
Druck: GGP Media GmbH, Poessneck

Print-ISBN: 978-3-96433-580-7

www.manga-cult.de | September 2022